KB197019

그는 세 뼘 옆에서 책을 읽습니다

최윤정

2014년 『작가세계』를 통해 시인으로 등단했다.
시집 『공중 산책』 『수박사탕 근처』 『그는 세 뼘 옆에서 책을 읽습니다』를 썼다.

파란시선 0151 그는 세 뼘 옆에서 책을 읽습니다

1판 1쇄 펴낸날 2024년 11월 15일
지은이 최윤정
인쇄인 (주)두경 정지오
디자인 이다경
펴낸이 채상우
펴낸곳 (주)함께하는출판그룹파란
등록번호 제2015-000068호
등록일자 2015년 9월 15일
주소 (10387) 경기도 고양시 일산서구 중앙로 1455 대우시티프라자 B1 202-1호
전화 031-919-4288
팩스 031-919-4287
모바일팩스 0504-441-3439
이메일 bookparan2015@hanmail.net

ISBN 979-11-91897-90-6 03810

값 12,000원

그는 세 뼘 옆에서 책을 읽습니다

최윤정 시집

시인의 말

비와 비 사이 미눙이 있다
내가 나를 쓰러트리지 않고 미눙일 수 있을까

어느새 그는 사라지고

뾰족하고 둥근
물 자국만 남았다

차례

시인의 말

제1부 슬픔의 생략

조약돌

아름다움 중독증을 가진 사람은 몇이나 될까요

상자에 질문지를 넣고 뚜껑을 덮습니다
궁금한 채로 남겨 두기로 합니다

아름다움 중독은
잠수하기 직전의 수련 낯빛 스치는 붉은 기를 놓치지 않습니다
조약돌의 줄무늬처럼 한꺼번에 숨을 들이키고 물속으로
사라지는 맥박까지 붙잡습니다

물살로 얼룩진 조약돌을 함께 넣었지요
가짓빛 얼룩은 꽃 피지 않고
자라지 않지만 아름답습니다

마음이 펄럭이지 않는 저녁이면
대답이 없을 상자를 두드려 봐요
줄무늬 조약돌에게 해 줄 말은 남아 있지 않지만

골목길 가등처럼 깜박거리면서

—   평생을 기다릴 수도 있을 것 같아요

끝을 묻기도 전에
막다른 길목에서
미래의 갈피를 뽑아 버린 날

바늘 꿈을 꾸었어요
손가락들 깊숙이 꽂혀 있는 바늘을 뺀다고
아프거나 시원함은 없었지만 작은
핏방울이 손가락마다 남았어요

닦지 않은 핏방울이
검은 나방이 되어 날아가는 순간에도 아프거나 시원함은
없었지만 아름다웠습니다

나는 이제 같은 꿈을 꾸지 않습니다 소천하신 아버지가
오셔서
같이 가자는 말에 고민하지 않습니다

—   그의 마음이 더 이상 궁금하지 않을 즈음

혼자 앉아서 상자를 마구 흔들었어요
거센 파도 소리에 맞춰
맘이 제각각 펄럭이는 날

조약돌은 말이 없었고
여전히 아프거나 시원함은 없었습니다

다만 일그러졌다가 팽창하는 상자 쪽으로
혹은 바람 쪽으로

낯선 주파수를 맞춥니다

그저 그런 낮

—

페인트칠을 벗겨 내면 시멘트가 나오고

시멘트는 많은 구멍을 지녔다

구멍마다 명도가 다르고 그것은 깊이가 상관한다

무화과 열매가 사라진 자리
빗줄기 왔다 간다

구멍으로 남으려면 기댈 곳이라도 있어야겠는데

가까스로 불어 간 바람은 뒤엉킨 채 공중을 맴돌고

시멘트를 떼다가 설거지 스펀지를 찾는다

스펀지가 갖는 몸의 전부가 구멍일 때

그것은 생략
슬픔이 감각되지 않는 순간만 남았을 때

—

그저 그런 대낮
그저 그런 일들만으로도 숨은 가빠 오고

가까스로 세운 키로
스펀지를 선반에 올린다

은점까지 사라지기 전에

—

유리 꽃병에 담긴 물이
잘린 줄기의 단면을 보여 줄 때

줄기는 가끔 안쓰럽습니다

뭉개진 단면은 지독한 이야기를 가지고 있지만
읽히지 못한 채 부서져 버리니까요

투명한 공기를 헤치고 은점표범나비가 날아갑니다

반투명 노랑은 치명적이죠
은점이 날개 위에서 반짝거릴 때

멈춰진 자전거의 세계를 훔칠 듯 다가와서
선잠에 빠진 거울 속으로 날아갑니다

반투명에서 불투명으로

가방은 그를 데리고 노랑 지붕 옥탑방으로 날아갔을까요

—

짝짓기를 위해 하늘 높이
은점까지 투명해지기 전에

그가 거울 밖으로
저녁 물안개 속으로
실마리 없는 물뱀처럼 미끄러집니다

미지근한 바닥으로 노랑은 흘러내립니다

포럼

짙은 반점을 뚫고 새가 깨어날 가능성 앞에서 아슬아슬한 기분이 들었어요 수첩에서 종이를 떼어 내서 적은 질문을 눈으로 쪼아 봅니다
빼곡해진 질문지는 접힌 채 사회자의 손에서 강연자의 손으로 전해질 겁니다

정말이지 가능성이란 알 수 없는 사건을 미리 만들곤 하죠
나무마다 일정한 간격으로 문 열린 새장을 매달고 기다립니다

질러가는 일은 아슬하지만 한 손에 감귤을 들고 당신을 만나러 가는 길만큼 설렙니다
가는 길에 금반지를 봤는데요 꿈에서조차 결국 구경만 했지만요
금빛 젤리로 장식된 반지는 지금도 당신 콧망울처럼 선명합니다

본질은 물결과도 같은 거라고 하는군요 파도에 흔들리지 말라고요 강연자는 가방을 끌고 가능성과도 같은 파동을 끌고 어디론가 걸어 갑니다 생각의 한 걸음만 더 미끄러지면

발목을 바다에 적실 수도 있겠습니다만

　청중은 흩어지고 책상 위엔 엉거주춤 포즈를 한 질문지
만 남아 있습니다
　죽은 새의 온기를 감싸 쥔 표정으로 당신은 거리 한켠에
서 있을 테지요

　희끗한 머리칼 넘기는 손가락
　틈으로, 검은 박수 소리와 함께
　슬픔도 사라지는 중입니다

　차갑지 않아서 이상한 기분이 들 새도 없이 바다가 영상
밖으로 넘쳐요
　어디서 멈출지 모르겠는 감귤은 지금도 부딪히며 굴러가
는 중

　길가 트럭에 남아 있을 파과를 생각하며
　밤의 화살표를 찾아가는 중이죠 보였다 안

　보이게 되는 어둠의 귀는 계속 출렁이고요

잎새들 미세한 파동을 끌며 물결치는
한밤의 추월선을 찾아가는 중입니다

빈 강의실

그날 우리는 장미 넝쿨이었고
육십 밀리미터 간격을 가진 가시였다

공중에서 깨지는 햇살

가시는 가시를 다했고 가까이 있는 자신을 본다

미립자의 저녁
갑작스런 폭설을 감수한 식물

햇빛은 부러지고
그림자는 둥글고 뾰족하다

가시는 가을을 다 썼고
가을은 빗물을 다 썼다

처음부터 불모지는 아니었으니까
그랬다면 더할 일조차 없었겠지만

새봄 우리가 만발하는 자목련이길

—

금세 흩어져 바닥을 검은 피로 더럽히겠지만

잠에서 깨어 보면 다시 겨울

빈 강의실은 봉합된 밤의 상자
빈 쪽지와 볼펜 세 개를 가진 채 굳어 간다

그 누구도 다음을 기약하지 못했고
그곳에서 빗물은 발끝을 적시다 말았다

빗물 끝자리로 이제 곧 바람은 바스락거릴 것이고
건물 전광판에서 픽셀은 눈처럼 부서져 내릴 것이다

—

열쇠꽃

애쉬그레이냐 펄그레이냐

비커 앞에서 논쟁이 벌어진다
색감에 민감한 당신

이를테면 간장게장 혹은 양념게장
비빔회나 물회같이 방법의 문제가 아닌
그렇다고 심미안의 문제일까

색의 지혜에서 광기로
색의 광기에서 지혜로

살짝 비켜서 다시 보면
시선에 민감한 당신

화면 가득 색이 흐른다
줄기 가득 색색의 열쇠가 피어나고
색이 높게 자라면
그건 일종의 국지성 소나기

숨은 자물쇠 쪽으로
높은 주파수로 열쇠꽃이 피어난다
물의 소용돌이가 열쇠의 소용돌이를 움켜쥐었다가
순간 차르륵, 펼쳐 보일 때

사월 잎새의 길과 함께 어떤 설익음은 요동을 치고

색의 요람에서 무덤까지
색의 다정에서 집착으로

색의 영혼은 흩어져
죽음을 반복하는 삶의 형식

방만한 여럿의 길 앞에서
순간을 머무는 당신

검정의 얼룩덜룩 사이
감정의 낮은 주파수를 감춘 채

투명해서 쓸쓸해진 비커

물방울 맺힌 비커를 들고
당신이 화면 밖으로 바삐 걸어간다

방이 된 사람

—

복도 끝을 따라가면
백합 향기 가득 찬 방

책상 위에는 단 세 줄의 문장만 꿈틀거렸다

이미지로 시작해서 이미지로 끝낼 것.
끝의 자리에서 시작할 것.
정신과 물질이 음파와 교환하는 자리를 볼 것.

어디서 이렇게 많은 사람들이 왔는지 모른다
나이도 성별도 구분하기 힘든 표정으로 책상에 엎드려
있다

그런 건 아무렇지 않았다
쓰지 못하면 영원히 갇히게 되는 방

자신만의 신념으로 가득 찬 방

갇힌 방이 되고 있는 방

—

책상에는 백지가 놓여 있고
사람들은 저마다 펜을 놓고 앉아 있다

허공을 응시하는 사람
발끝에 골몰하는 사람
백지의 결과를 연구하다 잠든 사람

백 년 이백 년 시간도 장소도 흐르지 않는다고 한다
백 년 이백 년의 감각만이 고여 있는 곳

숨소리마저 희미해진 공포가 자란다

사백 년째 백지 앞에서
사백 년째 방이 된 사람이 있었다고 한다

신념으로 갇힌 방이 되고 있는 방

그는 새의 멍든 날개를 그렸고

책상 가득

—

새의 잠든 날개가 꿈틀거렸다

몰려다니는 새의 울음소리

잠의 경계가 희미해졌다

—

빛의 곡면

분명 그늘 한 조각쯤 있을 테지 싶다가도
환한 속을 보면 아닌 것 같아

그의 속마음 열어 보면
햇빛 속 혼자 서 있는 가젤 동공

숨기는 것
숨겨지는 것

환한 햇살로 가려지는 무언가가 있어

접시 위에 참외를 굴려 본다

흔들리는 참외 그림자
간지럽고 얇은 겹을 본다

뒤편에서 그가 부른다

잡았던 과도는 다시 탁자에 놓이고

멀리서 출렁이는 길

잎새들 틈으로 나부끼는 햇살은 낯선 리듬을 만들고

발코니에 걸터앉은 그의 햇살은 바람을 눈부셔하고

그가 이쪽을 건너본다

나와 햇살은 물끄러미 사각 탁자 앞에 앉아

참외 등짝에 고여서 움직이는
빛의 곡면을 눈부셔한다

그는 세 뼘 옆에서 책을 읽습니다

천사 날개를 종이에 그리려고
숨을 깊게 들이마셨다가 내쉬었다

호수공원엔 솟구치는 연과
물속을 들여다보는 오리

천사의 날개에 관심 없는 강아지는
가족과 배낭 멘 어깨를 강중거리며 지나간다

그늘막 아래
모래 아래
햇살은 물결을 밀고
오리의 미래를 물고 간다

처음 그릴 때의 빛이 바뀌었다
깃털 가장자리에 명암이 생기고

깃털은 숨을 멈춘 듯 간결해졌다

오리가 물속으로 뛰어들었다

다시 시공의 비약이 필요했는데

코팅지를 입힌 작은 날개
가방에 달고 다니고 싶은 작은 날개

비가 무릎을 긋고 간다
금세 사라질지도 모를 날개로
네가 옆에서 굽어보는 것처럼

자랄 것 같지 않은 잎새의 미래에 발목을 적시면서
내게 두 주먹 펼쳐 보일 때처럼

무릎을 구부리고

1

책갈피 빠져나간 십 년 전 꽃잎이 밀물 속으로 뛰어들 듯
했다 너는
발가락 사이 모래 속으로 빠져드는 모시조개의 서늘함을
느꼈는지
콧잔등 찡긋거리며

급해진 물살에서 숨이 턱까지 차오른 플라스틱
물병을 지켜보다 집으로 가는 길엔
생각을 잠그고 잠시 멈춰 있곤 했다

도착이 지연되고 있는 구획된 슬픔에
지문은 사라지고 없다

느리고 달콤한 슬픔이 담긴 상자가
자다가 깬 너에게 도착하면
여름을 망칠 수 있을까

가끔 축축한 방죽에서

—

먼지 묻은 꿈을 털며
서로 팔에 새로 생긴 점을 찾아 주며 걸어가던 길

한기가 오슬오슬 피고 있는
창턱에 쪼그리고 앉아 빨대를 잘근거리는 아침엔
수신호 없이 진군하는 안갯밭 살 붙은 슬픔까지 더 잘 보이고

한 접시 불을 끄고 촛농을 긁고 나면
깨진 접시 조각
사과잼 묻은 나이프와 포크에서 멈춘 식빵 부스러기

지난 소란을 안고 있던 식탁보는
아무 일 없다는 듯
털고 일어서면 된다는 듯 밝아져 있을까

베고니아 꽃잎의 살결이 갈피로 남은 페이지는
받아 줄 사람 있을지 없을지 모르는 그곳에서
상자에 갇힌 채

—

　베고니아를 모르고 더디게 펼쳐질 슬픔도 모르지만 불확
실성 앞에서 분명한 건
　서로 빌려줄 수 있는 암막 커튼은 남아 있지 않다는 것
　저녁의 거스러미는 암만 먹어도 배부르지 않다는 것

2

역광이 좋아서 카메라 셔터가 찾고 있는 역광의 장면에서
슬픔이 터진다면 이 봄을 다시 망칠 수 있겠지

부서진 꽃잎과 함께 흩어지는 빛 자락 밟으면
나뭇결 틈새 어스름은 이끼로 번지곤 했다

너의 슬픔에 누군가의 지문이 없다는 사실만이
내게 한 줄기 위안이 될 수도 있겠지만

무릎을 구부리고 이제 역광으로 평안해질
저녁의 평상을 가질 수 있을지도 모르겠지만

물때 낀 꿈에 락스 거품 발라 놓고　　　　　—

저녁엔 마른 신발 끈을 만진다

한 방울 참회 없이 나는
덜 깨어난 새잎의 명암을 살핀다

펀칭기

몇 줄의 빛을 가졌는지 터지기 전엔 가늠이 잘 안 되지
왜 그다지 빛을 좇는 건지

발화점을 놓쳐 터지지 못한 폭죽에 묻은
그을음을 만지며 너는 중얼거린다

난 펀칭기가 구멍을 뚫은 백지일지도 모르겠어
다 타 버린 폭죽은 모래 무덤에 꽂혀 새털구름을 겨누고

슬픔의 표식처럼 명명할 이름이 많다는 건
잊혀질 구름을 적신 바다처럼 슬픈 일일까

초저녁 돌무덤 곁에 서면
물큰한 솔잎 냄새가 번져

무슨, 나무껍질 냄새나, 바다거나
말이 없어도 알 수 있는 표식들로 어스름은 다시 아득해
지고

암퇘지 골반엔 선홍빛 자국이 번져 있곤 하지

—

자국이 많아서 슬픈 일도 많은 걸까

구멍 난 백지로 가득 찬 상자에 깔려 죽는 꿈은
깨고 나서도 숨이 잘 쉬어지지 않고

비좁은 골목 담벽 어그러지던 비명은
끈적한 피로 물든 불빛으로 남겨져

물큰한 솔잎 냄새 맡으며 놓친 연필을 다시 잡는다
상자에 담긴 펀칭기 녹슬 때까지

쪽지가 묻힌 해변을 구슬프게 굴러가던 암돼지 울음소리
소나무 그늘에 잠겨 감감해질 때까지

—

슬픔의 생략

돌 세 개를 담아 두었다
꽃병이 심심하지 않게

물을 채우고
창가로 가져갔다
빛에 잠겼다

창백함 대신 생기가 돌고
그슬린 자리까지 선명해져
축축한 모래 냄새가 났다

말을 걸면
답을 하는 돌이 있다

몸을 빠져나간 길과
두고 온 길을 기억하는 돌이 있다

물을 마시다가 보게 된다
목이 마른 줄도 모르고
며칠 밀쳐 둔 일이 미안해져서

—

감은 돌의 눈꺼풀을 계속 쳐다보게 된다

해변과 돌의 간극으로
안부마저 간결해질 때

하얀 스티로폼 알갱이 두른 해변
여름을 건너온 슬픔

—

공터는 자꾸 졸립다

창밖을 굴러가는 나뭇잎 보며
테이블을 문지른다

테이블을 문지르면
손가락이 멈춰지는 지점이 있다

바위의 긁힌 굇바퀴 같기도 한 그곳에서 물살은 새로 생
겨나고
공터에 쪼그려 앉은 찰과상 딱지 같기도 한 그곳에서
감정의 익사체가 떠오른다

부유물만 남겨진 공터
물 자국 희미한 테이블

그 사이에서
길 잃은 커서가 깜박거린다

물 빠진 자리, 바람 불고
무료해진 은행잎이 커서가 지나가는
면을 모두 채운다

—

감정의 무기력처럼
시간의 내장이 터진 지 오래,
그 위로 초파리 떼 들러붙어 말라 가는데

가만히

가만한 테이블을 쓰다듬는다

문지르다 멈춰진 지점
은행잎과 커서의 깜박임 사이

비닐 끈에 묶인 채 앉아 있는
스티로폼 상자, 한쪽 모서리 부서진

—

고무공은 자꾸 졸립다

은행나무 발치에 숨었던 작은 고무공

쪼그려 앉은 왼쪽 무릎의
동전만 한 검은 반점을 쓰다듬는다

ㅇ

깃털이 빠진 셔틀콕
구석에 박힌 채

고무는 부딪힌 계절만큼 고요하게 잠들었다

무릎에서 사라진 반점이
멈춰 버린 파랑을 깨고 범고래로 솟구칠 때

빈 나뭇가지 사이로
늙은 빗물이 후두둑, 쏟아지기 시작한다

모시조개 껍데기처럼
해파리의 사체처럼

쏟아지는 빗물의 주문에 귀를 담근다

°

갈라진 깃털은 가물거리며
고무공 쪽으로 한 잎씩 떠간다

모서리 둥근 것들 모여
고요의 순간에 살을 포갤 때

발화점 낮은
반점은 자꾸 졸립다

진흙 속에 매몰되지 않고
진흙 속에 매몰되지 않고

계단 아래까지 굴러와

멈춘 공이

잠들 것처럼 가물거릴 때

해변의 책

―

책머리까지 닿을 듯 파도가 밀려온다
책머리에서 하얀 포말이 솟구친다
바다 이야기는 아니고

해변의 시인 것도 아니지만
한 줄의 문장이 얼룩져
몇 겹의 물살로 보글거리며 번진다

쓸려 간 글자마다
묻은 모래는
바위섬에 도착하자마자 물보라로 솟구쳐

물거품이 몰려다닌다
모랫빛
끝없이 몰려다니는 물거품으로

굴러가는 것
끝없이 가벼워져
가벼운 자리로서 너라면

―

새의 부리 적시고 가는 글자는
이제 날개를 달고
해무 속을 움직인다

처음 글자였던 순간을 잊은 채
푸른 잉크 뚜껑 열린 채 쏟아진 바다 위에서
잠시 홀가분해져

송홧가루 묻은 모래 너머
그저 가벼운 자리로 감감해질 나라면

무심한 빛

―

손잡이를 가진 잔이 테이블 위에 있다

부딪히는 잔은 전율하기 좋다

잔에 물을 붓는다

무심하게 꽂혀 있는 빛은 굴절을 보여 준다
관람객의 손가락은 움찔거리겠지

따분하게 펼쳐지는 조명을 받으며
테이블은 잠자코 앉아
관람객들 시선에 지쳐 간다

저녁 하늘이 빨강의 어둠에 발을 적시듯
유리 입자가 교차할 때

빛이 정교하게 축조된다

지나가는 공기의 솜털

―

투명하게 구슬을 이어 붙인 손잡이에서
재빠르게 섬광이 무작위로 필 때

무대에서 숨이 멎을 듯 멈춘 백합과
수반에서 빠져나온 날숨이 잔을 감싸는 순간

빛은 눈부심을 넘은 채,

관람객이 모두 빠져나간다

잔이 갖는 상상의 힘을 추앙하며
남은 밤이 잔을 다시 지키고 있을 때
잔은 가득 찬 물 찰랑이며 테이블보를 적시고

구름은 건물 사이를 빠르게 지나간다

물의 정령이 남기고 가는 얼룩 사이

테이블에서 바닥으로

정신의 둥근
모서리 새기고 있을 때

머그잔

잔은 타오르는 장작

이윽고 손이 뜨겁다
팔꿈치까지 데워지고

심장까지 가기엔 모자란다

식은 얼굴을 감싸고
불의 감각을 지핀다

매운 연기 뿜으며 서서히 날리는
불꽃, 비를 닮아 가고

작정을 하자
작정을 하고

맨홀 뚜껑이 굴러가는 감정

기분과 정서를 만들면
실체가 나타날 거란 막연한 믿음

재킷을 챙겨 들고 카페를 나선다

작정하고 물컹해진 정신은 잔에 남겨 둔 채

장작 타들어 가는 소리 들리지 않는 사거리로
낮게 부는 바람

저기 다시

김 오르는 머그잔 부딪는 빗소리 타오른다

제2부 작고 가벼운 믿음

소하식당

탁자엔 냄비 데인 자국이 쭈글거리고

너는 네 마음이 꼭 저랬던 적이 있었다고

넓은 잎사귀가 가려 주는 샛길

그림자 나부낌으로 무거워지는 그늘 아래

찌개는 끓는다

그슬린 마음 너머

넓은 잎사귀의 나부낌과 찌개 끓는 소리만으로도

여름 저물녘이 이토록 가지런할 수 있다니

바닥에서 포개지던 꽃잎 다 사라지고

초록만이 깊게 굴을 파는

개구리 스티커

　　—

그것은 믿음

스티커와 내가 만들어 내는 모종의
기쁨이자

심장에서 조금 먼 슬픔

붙으면서 녹기 시작하는 가장자리

가장자리를 따라서 겹쳐 보는 스티커
홀로그램이 반짝이고 무늬가 다른

공사장 가림막은
기대면 금방이라도 넘어질 것 같고
아이들 얼굴엔 진흙이 묻어 있고

둥근 밧줄 묶음을 안고
먼지 묻은 철근 구조물에 작업자가 매달려 있다
비가 내리면 작업자는 모두 사라지고

　　—

공사장을 지나다가 마주친
스티커를 붙이다가 문득 생각나는 안전 모자

여름은 계속 펼쳐지고
언젠가 차곡차곡 각별해진 마음

개구리를 붙여 놓고
혼자서만 굴개굴개 소리 내어 보는 저녁

스티커와 내가 만들어 내는 모종의 결심이자
심심해진 손가락의 미래

낙낙낙 계신가요 하고 싶은 안전 모자

스티커를 붙여 보고 싶은 안전 모자

여름밤 손톱마다 펭귄 스티커를 붙여 가며

잠 안 오는 밤 개골개골
나 혼자 붙이고 쓰다듬어 보는

—

밤새도록 작고 가벼운 마음

밤 개구리보다 실체에 가까운 믿음

—

공명

나무 그림자

바퀴에 밟히는 나무 그림자

고도를 유지하며 지탱하며 밟히기를 지속하며

다른 시간 다른 사람 흘려보내며
잎새 쥐고 가만히 흔들어 보인다

열기를 식히는 진드기와 나를 두고

계단마다 일렁이는 나무 그림자

계속 물렁해지는 플랫슈즈

내가 느끼는 어지러움은
봄날 가로수

멈춰 서서 관자놀이를 부비는 사람이 있고
나무 그림자 밟고 선 다른 플랫슈즈

이봐, 지금 내 그림자 밟고 있는 발부터 떼시지,
나무가 관자놀이만 부빈다

그림자의 리듬에 리듬의 굴절에 기대어 보다가 나는 속
으로만
그러니까 이제 집에 갈게요, 담에 봐요. 가로수

손으로 잇는 말 없이
발끝으로 잇는 말 없이

줄지어 가만한 가로수
문득 무서워진 가로수

계단마다 커졌다 작아졌다
움직이는 나무, 잎사귀, 그림자

누구라도 그러하듯이

그래서 팔랑거리며 네가
나무에 붙어 있는
조그만 잎새였을 때

기나긴 뿌리를 본 적 없이
십일월 가지에
손가락 하나 걸치고 있었을 때

너를 사뿐히 흙바닥에 앉힌 건 나무가 아닌
딱히 할 말 없었던 너였지만

바닥에 남긴 비의
쪽지를 보게 되었고

새의 목에 선명한 초록 깃털처럼
하고 싶은 말이 생겼고

굳이 네가 아니라도 괜찮았겠지만
흙을 털고 일어섰다

마치 예정된 일처럼
이번 생은 공중 산책하는 새로 마감할 수도 있겠구나

그런 생각은 너를 스스럼 없게 해 주었다
이미 그러기로
작정했던 구름처럼

서풍이 도착하자마자
잎새의
본격적 무도가 시작되었고

네가 낙하한 건
서풍이 일기 전

별이 어둠을
아주 잃어버리기 전

가마삼거리

버스 뒤로 고라니가 잽싸게
거리를 가로지릅니다

사랑은 일종의 덩어리죠

전면과 후면
미래와 과거가 탄식으로 뒤범벅인

집합적 덩어리죠, 충전식이냐고요?
글쎄요

당신이 집착으로 한 세계를 탕진하는 사이
구근이 흙 속에서 영글듯이

미세한 파동과 함께
붉어진 덩어리

돼지의 뒷다리같이
익히면 나름 쫄깃한 식감의 살로 남습니다

—

—

정육점 조명 아래
줄지어 매달린 갈고리는 미동조차 없습니다

정면과 측면
과거와 미래 시제가 뒤엉킨 물컹함이
자전거 바구니에 담깁니다

사랑은 비닐봉지에 담긴 탄소화합물
삼거리 신호등 아래 대기 중입니다

바구니 한켠에서 침착하게 숨을 고릅니다

소형 트럭 경적음이 멀어져 갈 때
숲이 보이는 방향으로 건너간 고라니

짧게 두리번거리는 정적 너머로 약간의 사랑은 남습니다

바구니에 담긴 불빛 몇 그램을 밝히고 있습니다

—

민자와 유리병

민자는 말린 순무만큼이나 캐모마일을 좋아해서
햇볕에 한껏 말린 캐모마일을

기쁨에 찬 유리병에 담는다

코르크 마개는 오랜 시간 찬장을 뒹굴던 건데
입구와 마개가 서로를 품을 때처럼
분리할 때도 같은 소리가 난다

그것은 이곳에서 그를 처음 만났을 때
들었던 소리와 흡사해서

눈이 부시다

민자는 아침마다 유리병을 매만지며 눈을 비빈다

삶아 둔 수건으로 문지른다

민자가 더 사랑한 건
캐모마일일까

유리병일까

햇살은 아침마다 유리병을 쓰다듬고

코르크 마개는 유리병에 적당하고
전보다 유리병은 크고 늠름해 보이고

민자는 이제 그를 찾지 않는다

아침이면 캐모마일을 아끼며
유리병은 캐모마일을 아끼며

지금도 민자는 캐모마일 차를 마신다

뭉근한 찻잔 가득
꽃잎이 풀어놓는 햇빛 4그램의 투명

아보카도

확실한 기쁨은 뭘까
그래서 불확실해지는 기쁨들은

불안의 물컹함이 감싸는 기쁨

불안을 걷어 내면 아보카도 씨앗
딱딱한 중심

흰 접시에 불시착한 뾰족하고 둥근 씨앗들

초라해서 보이지 않는 대단함이 무궁할 것 같아

말라 가는 씨앗

말라붙어 뿌리째 뽑히던 흙냄새가
밀려오곤 하지

뒤꿈치 물컹거리는 메리제인슈즈를 신고

버스 정류장 노선을 살피는 사람들에 섞여

바닥까지 슬러시를 급하게 들이키며
확실해진 차가움을 삼키며

아보카도, 구름에 박힌 심장

불안의 깊이가 전해 주는 박동 소리에 집중한다
844번 버스를 기다리며 발가락을 꼼지락거린다

작은 트럭에서 떨어진 복숭아가 굴러가
하수구 앞에 멈춰 선다

과육의 물컹함을 뚫을 듯 햇살 따갑다

청명

사람의 이름을 가진 나무가 있다
명자는 붉고 미선은 하얗고

미선은 명자보다 많은 꽃잎을 가졌고
미선은 명자보다 많은 향기를 뿜는다

키 작은 미선이 멀찍이 서 있는 명자의
붉은 멍울을 건너다본다

어쩔 수 없는 순간은
가끔 저리 명징하고

줄기 가득 소복한 꽃잎 펼치고서
생각 중인 미선

명자는 붉고 미선은 하얗고

봄날 두꺼비 공원
햇살이 아직 공평한 시간

사람을 배경으로 세운 나무들 속에
두꺼비 조용한데

명자는 붉고 미선은 하얗고

몸을 구부리면 미선이 더 가깝고
발은 잠시 맑은 얼음이 된다

짧고 긴 빛

앙다물고 웃음을 참는 그의 입술은 여름 호수에 비친 눈발을 닮았다

민자는 새장을 닦으며 마른 식빵 가루 부비며
새장에 머무는 앵무의 표정이 된다

성호를 긋는다
물통에 번지는 얼룩은 잠시 앵무의 시선으로 보기를

그의 왼쪽 눈썹 근처 패인 자리는 그가 놓지 않을 작은 불빛 같아
초침 소릴 내며 민자의 발꿈치가 들린다

머무는 일이 위탁 수하물 같고
새장의 바깥에서 잠깐씩 사라지고 마는 일 같아

햇빛을 쪼다가 뭉툭해진
자신의 그림자를 본다
줄었다 늘어나기를 반복하는 새장

—　　바위 사이로 부러진 나뭇가지는 다른 방향으로 겹쳐져
있고
　가지 틈으로 민자가 들여다보는 어둠은 더 깊어져 가고

　고개를 들어 보면
　어느새 산책하는 사람들
　이곳은 백지가 아닌 곳이 된다

　낮달은 그의 문장처럼 자주 멈춰 선다
　지나간 빛은 빙폭으로 벽에 걸려 있다

　민자는 짧고 긴 빛을 백지에 옮겨 심는다
　밤마다 벽에 낮달을 그리던 그의 손가락의 심정으로

　군소리 없이
　백지는 그 빛을 다 받아 내고 있다

　발꿈치에서 초침 소리가 났다

　—　　그림자가 잠깐 출렁거렸다

새장은 지금 부화 중이다

사라지지 않는 것

파스타를 먹는다
혀끝에서 무언가 멈칫거린다

혀를 찌르며 너처럼
나를 잠시 멈추게 하는 얇은 단단함들

곱씹으며 혀끝으로 생각하게 된다
무심코 네가 건넨 말

곱씹는 말의 축조로
교각이 생기고 긴 그림자가 늘어진다

크고 작은 돌이 우거지는 쪽으로
돌과 이끼가 품을 나눌 수 있는 자리

낙서가 새겨진 돌, 이끼 그늘만 하게
물기만 남은 돌로 그늘은 풍성하다

눈으로 곱씹어도 끝끝내 사라지지 않을
차갑고 딱딱한 것을 입술은 물고 있다

물려서 아프다고 엎드려서 너는 운다
살모사 굵기만 한 것이
옷더미 속으로 숨었다고 뒹굴며 운다

우는 네가 물끄러미 접힌 장우산 같은 나를 본다
정말 네가 물린 걸까 문 걸까
너는 지금도 숨은 것을 차고 딱딱한 것이라 여기고

저것은 꿈이 아니다
조용한 지렁이에게 이가 생겼을지도

어젠 칸나를 받았다
전봇대 옆에 세워 놓고 가다 돌아보니 쓰러져 있었다
시든 꽃대를 가져와 화병에 꽂아 두고
종일 눈길을 잇다 보니
불로 불린 쇠막대처럼 살아났다

—

자세히 보니 꽃대 하나에 일곱 붉음이 묻혀 있었다

。

저녁은 놓치기 싫은 입술로 교각 아래 선다
쌓여서 움직이지 않는 돌을 본다

하마터면 그 얼굴을 놓치고 갈 뻔했다
교각으로 남겨지는 크고 작은 날들 앞에서
순간은 입술을 물고 붉음은 월계수 잎에 깃들었다

형체를 알 수 없이 붉음은 지금 흐물거린다
반투명 동공이 글썽일 때와 비슷해진다

기어코 사라지지 않을 뭔가를 입술은 품고 있고
기어이 물고 물리는 일들이 핀다

삶이란
교각을 부딪는 물결만으로도 아름다울 수 있다, 말한다

—

교각은 천천히 물과 함께 흐물거린다

아크(Ark)

—

진열대 가득 빛나는 블루베리, 블루베리 파이를 보러

달콤함은 쓰린 내장의 벽을 타고 올랐지
다슬기처럼 부드럽게

봄눈을 뱉을 때처럼 생크림을 뱉었지
마지막 남은 휘파람은 휴지에 싸서 버렸지

휘파람은 우산을 쓰고 갔지
우산은 휘파람처럼 휘청이며

빗물 튀는 인도를 지나 골목길을 데리고 갔지

떨군 머리끈을 줍는 손은 축축했지

빗줄기 점점 더 거세지는 날 혼자서 갔지
주머니 속 쿠키가 남긴
비닐만 뽀시락거릴 때

— 　 새벽엔 대기 폭풍이 생길 거란 말이 어디선가 들려왔고

78

물방울로 부푸는 물방울을 확인해 보고 싶었지
거대하게, 물방울만으로 포장되는 세계를

물방울 터져 뭉개지는 자리
제라늄 꽃잎 흔들리며 잘도 떠다니는

블루베리는 감정

　저녁엔 성안길에서 초록 양말을 샀어요. 겹쳐 둔 가지런
함이 봄날 햇살 같았지요. 당신은 당신의 채도를 살아가겠
죠. 나도 나를 곰곰이 살아가 보는 중이에요.

　슬리퍼를 신고 의자에 앉아 발끝을 까딱거리면 방 안에
서 음악은 공기를 타는 서퍼. 서퍼는 이별의 감정까지 곧
잘 들이마신답니다. 드러머가 32비트를 4비트로 바꿀 때
면 잠시 슬픔의 윤곽은 분해되고, 빛알갱이와 함께 창밖으
로 몰려다닙니다.

　화분에 블루베리를 심었어요. 검정의 감정은 모태신앙처
럼 은근한 질감이고요. 블루베리답게 조용히 익는 중이죠.

　접시를 구르는 이미지를 생각해요. 검정이 구르면서 생
기는 궤적을.

　트라이앵글이 되었다가 별 모양으로 갈라집니다. 셋 아
닌 다섯이나 여섯은 훨씬 더 많은 경우의 수를 가져요. 그
런 삶이 슬픔을 감추기에 편해 보입니다.

정신없게 쏟아지는 사건들이 하양 밀가루를 뭉칠 때

밀가루의 물컹함으로
카디건은 엉망이 되겠지만 끔찍했던 순간을 잠시 잊게
해 줍니다.

반죽은 마음처럼 금방 굳으니까 조금만 기다리면 일부
복구 가능입니다.
종이컵 반죽엔 블루베리 세 알을 심을까 봐요. 종교보다
진하고 믿음직한 머핀 생각에 마른 군침이 도는군요.

사운대는 것들 옆으로 블루베리 열매가 굴러가 멈춥니다.

해변가로 밀려간 혹등고래.
부패하여 가스가 가득 찬 고래는 블루베리 같습니다.

밤의 고막

—

　말라붙은 꽃의 뇌세포는 공중에서 부서져 흩어지고

　파도가 미역귀 옮기는 소리만이 밤의 정강이를 건드립니다

　날씨가 계절에게 피 묻은 귀를 남기고 아무렇지 않게 도
망갈 때

　차가운 공기가 말린 줄기까지 떨게 할 때면, 네가 검은
티셔츠만 찾듯이
　종묘가 그립습니다

　물이 찬 귀가 호흡을 고르기 시작하고
　책이 종묘제례악으로 읽힙니다

　무작정 팔을 끌고 밖으로 나서면
　씨앗은 고인 물의 고막 근처를 어지럽게 흩어지고

　파도가 귀와 함께 움직입니다
　입술을 다물게 합니다

—

퍼졌다가 일그러지는 네 목소리

　목소리마저 사라져 갈 때
　소금 냄새는 부지런히 바다에서 숲으로 밤공기를 물어
나릅니다

　무척추동물이 되어 심해로 가라앉는 상상을 가끔 합니다

　십일월에서 십이월로 가는 길은 작년보다 싸늘하고
　쓸쓸하게도 눈은 아직 높은 곳에 머문다고 물에 녹다 만
귀로 듣습니다

　나뭇잎 쌓여서 축축해진 가장자리를 걸으면 종묘의 공기가
겹쳐집니다

　해변을 따라 이어지는 예언의 불빛들로 백사장은 더욱
뭉근해지고

　그림자 드리워진 미지의 숲은
　파르르 감은 눈 떨며 흰자위부터 보여 줍니다

종묘의 음악에 가깝습니다

기억은 손전등마다 다른 씨앗으로

벌레가 사라진 구멍에서 시작되지
미래가 건네준 스물네 개의 톱날

손톱 밑에서 시간은 포도즙으로 물들고
바다 근처 삼나무 숲에서 질문은 끊어지고

그만, 그만하고 싶다가도
구멍 앞에서 감정은
손톱 밑에 끼인 철 가루가 되지

모래성 밖으로
반투명 병 조각은 비스듬히 고개 내밀고

톱날의 초침 소리

밀물의 기억은 빨랐다가 느려지며
슬픔을 반복하지

파도의 손이 불빛을 뿌리친다
기억은 손전등마다 다른 자세와 빛으로

연거푸 조각들을 쏟아 내고

조각들은 물거품에 절여진 씨앗이 되고

천천히 물속을 흐느적거리며 퍼져 가는 잉크처럼
구멍은 삼나무 둥치에서 사라진다

그곳에서 질문은 새로 시작되고

남겨지는 것

잘못으로 남는다 어떤 나는
콘크리트 바닥에 널브러진 케이크

잘잘못은 크림보다 좀 더 물컹하고 클 수도 있다
사라지지 않는 낡은 창문이거나
영생으로 그늘진 종교가 된다

선반에서 솔방울은 많은 귀를 가졌다
솔방울이 깨어날 때

그가 발로
풀의 온기를 건드리다 넘어질 때

잘못은 담장을 넘어 셔틀콕처럼 불쑥 날아들고
부푼 미간을 부비게 한다

구역 밖까지 종소리 울려 퍼질 때
딸기 사러 모이는 발자국 소리

나는 지금 무슨 잘못으로 남아 있는 걸까

딸기 사러 가야 하는데
귀만 움직인다

잘못은
선반 위 올려 두고 이제 나가 봐야 할 텐데

무명 수건 위에서 공손한
귀만 움직인다

잘못을 매립한 밤엔 물소리가 들리고
배관을 따라 물소리는 희미하게 부유물을 안고 간다

물소리 들으려고 벽에 귀를 대는 사람을 본다
잘못을 듣기 위해 솔방울이 귀를 펼칠 때

물소리는 멈춘 지 오래,
잘못처럼 그가 서 있다

손바닥만 한 어둠을 궁글리면
선반에서 바닥으로 솔방울은 툭,

식탁으로 굴러가다 멈춘다

그림자만 비틀바틀 움직인다

그는 세 뼘 옆에서 책을 읽습니다

一

팔월 서해 파도는 사람도 조개도
바다 밖으로 몰아낼 듯 세찼습니다

모래는 발가락과 조개를 벌려 놓고 달궜다 뱉습니다

얼룩진 구름을 삼키기 전
마음은 패각을 붙잡고 쓸립니다

그는 해변에 남겨진 모시조개를 물속에 놓아주며
잠시 쓰다듬습니다

조약돌을 식히느라 젖은 모래 속에 묻어 두었습니다
조개처럼 도망가지 않을 거라 안심하면서

한쪽뿐인 날개가 고요해진 나방과 함께 묻었습니다
파란 고무호스가 물을 흘리며 어깨춤을 춥니다

구름 그림자를 쪼던 갈매기 부리가 높아진 물살을 보며
오래 서 있습니다

一

시월은 더 힘들 것 같아서
뜨겁게 번지는 것들을 모두 흘려보냅니다

보냉백엔 어제의 미지근한 물과
물러 터진 복숭아 셋이 남았군요

빠른 물살 앞에서
말이 없어진 슬리퍼는
바람 부는 해변에서 모처럼 가깝습니다

파도가 붉은 슬리퍼를 삼키기 전

튜브에 매달린 손은
바람을 겪는 물살까지 잡을 듯합니다

굴절

칼로 긁었어요

작은 채칼은 청무우의 껍질을
잘도 벗겼지요

누가 잠이 덜 깬 제게 채칼을 주고
갔을까요

집중하지 않으면 손을 벗기고
마음까지 벗기겠어요

얼굴까지 창백해집니다

청무우에 무슨 맛이 담길지도
모르겠네요

수북한 껍질은 길고 얇아서
자꾸만 휘어져요

휨을 살피려고 그랬을까요

끓는 물소리가 짧은 그림자처럼
귓바퀴를 스칩니다
잠시 곁에서 어룽거리다 사라지는

시간의 휨은

말라붙은 물 자국보다 분명하지요
해 질 녘 주방보다 확실한
여러 개의 오목렌즈가 필요합니다

빛이 포물선을 그립니다

오목렌즈 가장자리에서 퍼져 나간 빛을 따라가면
실재보다 작고 선명한 당신을 만날 수 있습니다

빛의 곡선이 당신에게 어룽지도록

끝없이 새로 피는 굴절을 보여 줄게요

빛이 당신의 목덜미를 벗겨 낼
즈음이면

당신이 슬프게 휘어질지도
모르겠습니다
곧 끊어질 빛처럼요

제3부 밤의 회복실

지금 이곳은 안개입니다

겨울밤. 거울은 안개가 안고 있는 풍경

풍경을 비집고
일그러진 표정의 그가 보인다

거울을 뒤집는다
칠이 벗겨진 뒷면 가득
낙서가 있다 유성펜으로 끊어졌다 이어지는
낙서에 손바닥을 얹는다

끊어지는 낙서
깨어나지 않는 거울

손등 위에 옮겨 쓴다
너는 벌집을 쥐고 있다

깨지지 않는 미러볼
미러볼을 만지며 간다

깨어나지 않는 겨울

미러볼은 차갑게 식어 있다

겨울밤. 거울을 새어 나간 안개로 가득 찬 겨울밤에
깨지지 않는 미러볼, 미러볼을 살피며 간다

생각은 앞장서고 미러볼을 굴리며 가는
섣달그믐의 그가 보인다

손바닥으로 가려지지 않는 그의 뒷면이
손바닥 속으로 들어간다

깨지지 않는 미러볼 속으로
그가 들어간다
그의 입김과 옷자락에 붙은 실오라기가 들어간다

그는 곧 겹으로 쪼개질 것이고

달이 뜨는 순간, 자신도 모르게 구부러진
그를 난반사할지도 모른다

남은 그가 있는 미러볼에서
삶은 가지 냄새가 번진다

트랙을 가진 조약돌

—

　돌을 줍는 손, 지금 여기
　돌의 정령을 깨울 듯
　돌과 돌을 부비는 손가락들

　구름 옆에서 낮달은 아직 말갛고

　조약돌은 이끼를 기르고 있었네
　조약돌의 피부에서 이끼는 자랑처럼 선명하고

　우리의 손바닥보다 밀물의 투명 속에서 더 매혹적이네
　여러 겹 물 셔츠를 걸쳤다 벗을 때 더 빛나는
　이끼를 놓고 해가 지네

　망설이다가 트랙을 세다가 지고 있네

　조약돌을 귀에 대고 빈 트랙의 울림을 들을 때

　달은 발자국으로 눈보다 희게
　섣달그믐을 잇고

—

100

사람들은 제각각 손을 부비네

새해의 조그만 창틀 앞에서
장작에 박힌 못 쓰다듬으며 모닥불을 지피네

불길은 장작의 살갗을 펼치고
장작의 입구를 찾느라 바쁘고

눈을 머리에 얹은 바위 옆 파도 소리

사람들을 세우고
앉히기를 이어 갈 때

강아지 꼬리가 그리는 트랙은
해변에 도착한 파도와 겹쳐지고

소나무에서 세 발짝 떨어진 자리 소보록, 솔방울은 모여
있네

디스크 트랙을 긁는 소리

날개가 검푸른 갈까마귀
기침을 하네, 크랙 크랙

곱은 발로
갈색 둥지 가까이
파도 소리를 둥글게 앉혀 놓고

그는 세 뼘 옆에서 책을 읽고 있습니다

얼굴은 뭉개지고
윤곽만 남았다

기린의 뿔만 남았을 때와 비슷하였다

초점이 맞지 않았지만
가끔은 제스처가 더 많은 말을 전해 주니까
괜찮다

괜찮지 않은 것 같다
손톱이 손톱을 긁는다

의식을 못 할수록 진심이듯
윤곽을 덧씌우고 색을 바꾸면 과장이다

그림책 속에서 쓰러진 기린의 아름다움이
책의 모서리를 계속 긁게 한다
과정이 눈길 밟으며 지나가는 오르골 소리로 들리면
마음은 더 축축한 보풀로 뭉쳐진다

멍한 밤
선생의 표정이 잘 생각나지 않는다
다음도 그때도 없고
지금은 휘발 중이다

공중에 비스듬히 매달린 의자에
마음을 얹고

시선은 공중에 걸쳐 놓고
손톱을 손톱이 긁는다

가로수 사이 전광판에서
선생의 써클렌즈만이 기묘한 빛을 뿜어내고 있다

미간에 타다 만 심지가 생긴다

장작

다발성은 한 묶음의 성냥개비에서 오는 걸까

언젠가는 머리카락에서 오기도 했었지

바닷물을 뒤집어쓴 머리카락에 붙은 모래 알갱이와
군산항을 가로지른 새 떼로부터
번식하는 게와 미역으로부터

비밀과 비극이 섞이는 다발성은
골목과 광장을 가로질러 재생하고

셔츠의 뒤엉킴 속에서 번지는 바람의 비명으로
부둣가 그슬린 드럼통 속으로

불이 붙는다 동시다발적으로
마른 장작의 결을 따라 분리와 해체를 꿈꾸며

불은 망각처럼 수직으로 나풀거리지
술을 마시지 않아도
조금 오른 취기로 몸서리치며 다발성을 연장하지

비밀과 비극이 서로 엉킨 채 서서히 오그라붙지

만지면 분진으로 흩어지는 들숨과 날숨
뜻밖의 뒤엉킴 속에서 번지는 바람의 비명으로

새벽 부두에서 불을 쬐는 사람들
곱은 손으로 영수증 뒤적이는 사이

불의 모포를 덮은 채
자기 자신까지 망각한 채

잊음을 넘어서는 잊음으로,
그슬린 표범 반점으로 남아

만지면 분진으로 흩어지는 날숨과 들숨

푸른 바다를 배경으로
녹은 금니를 서로 반짝이며

무심코

잔잔한 부스러기는 가깝고
주말의 공원은 눈으로 덮여 간다

모서리 기울어진 얼음 새장을 망치고 나서 망연하게
벤치 끝 시든 꽃다발로 앉아

전나무 쪽으로 옮긴 새장은
구름과 함께 흐르고

녹아서 사라지기 전 해야 할 일은 많았다
기꺼이 한 세계 앞에서 무너지고 나서

。

옷장 구석에 남겨진 작은 선물 상자
붉은 리본과 나무로 만든 새와 함께 어두워져 가고

눈을 깜박이는 새처럼
창밖 쌓인 눈은 아직 무너지지 않았다

새를 놀라게 하지 않고 새장으로 들어가는 것
너는 아직 어렵다 늘상 네가 먼저 놀라니까

한 발 넣기 전에 잠시 숨을 멈추고
서서 망설이는 일이 새는 전혀 놀랍지가 않고

°

쌓인 눈을 놀라게 하지 않고 저 순색이 아닌 고요에
담글 발이 아직 내겐 없다

벌판을 짖는 햇살 앞에서
입김이 남은 부리 가진 새만이 가능한

순백의 하품을 하며
무거워진 깃털을 털며

숲에서 난 길 따라 마침내 모래사장에 도착한
새만이 할 수 있는 일이겠다

*새를 놀라게 하지 않고 새장으로 들어가는 것: 옥타비오 파스.

근친

잠시 불행했다

주방 수납장 칼꽂이에 거꾸로
꽂힌 칼은 쉽게 빠지지 않았다

겨울 저녁 식탁에 모인 근친 같았다

물을 뚝뚝 흘리며
꽂혀 있는 칼은 세 개가 넘고

오순도순 모여 있는 과도까지
다섯 개가 넘었으니
전을 썰고 배를 깎는다

칼이 손에 착 감기는 날
창틀 가득 빗물은 고여 들고

칼을 사방으로 휘두르며
물을 뿜는 백정이라도 된 것처럼

칼날 결을 따라 번들거리는 어둠으로
불빛 낭자해진 손잡이 앞에서

무슨 기도로 젓가락을 찍어 줄까
멈춘 피가 다시 도는 느낌으로

젓가락에 찔린 수육의 핏기를 닦는다
소담하게 썰어 접시로 옮긴다

가볍고도 긴 칼날의 곡성

잠시 창문 가득 번득이는 빗줄기
도마 끝에 멈춘 핏방울

북쪽은 지금 눈입니까?

—

토분 가득 흙이 버석거립니다

검은 뿌리의 반은 흙 속에서
반은 흙 위에서 발을 놓습니다

색테이프 감긴 화분 옆에서
버팀목은 짧은 방학을 가집니다

얼룩진 물받이 속으로 물이 번지고

고양이는 꼬리가 짧아졌습니다
검은 수염에 냄새를 묻히다 그냥 갑니다

당신의 입술은 거짓말이 잦아요, 플라스틱 트리처럼 반질
거리지만 믿지 않습니다

흘러내린 물이 천사의 날개 모양으로 가방을 스밀 때
흙 알갱이에 십이월 리시안셔스가 섞입니다
흙꽃 목소리가 창밖으로 새어 나갑니다

—

그의 목과 가슴 사이에 종기가 눈에 띕니다
종기는 다른 곳에서 더 크고 진합니다

소나무에 지팡이 사탕과 빈 선물 상자가 달려 있습니다
전구에 불이 켜질 때

싸락눈 사이 번지는 개와 고양이 울음소리
사람이 드문 골목길 어귀에서 얼음 조각으로 부서져 난
반사 중입니다

부딪힐 때 맑은 울음은 더 잘 부서지고
갈라진 틈에서 바람은 얼었다 녹습니다

다시 출발점에 도착하면
물과 흙의 발성이 달라질지도 모르겠습니다

화분 가장자리에서 부서진 흙,
물은 금세 굳을지도 모르겠습니다만, 천천히 삼킵니다

흙의 내장은 미니 전구처럼 잠깐 밝아집니다

낮에 쓰다 만 시

一

낮에 쓰다 만 시를 쓴다
밤은 고래 귀신 찾으러 갔다 온 낯빛으로
젖은 머리만 긁적인다

찻잔 속으로 숨은 낮의 먼지를
밤이 핥아 보지만
밤은 해변과 숲을 가로지르는 그림자를 기억하지 못하고

모과나무 울음소리가 컹컹거리며
귓가에서 다시 갈라지고
그 순간 다가왔던 잎새의 파동과
구름의 행색이 감감할 뿐

뜨거운 밥솥 손잡이였거나
바닥을 곤두박질치는 유리 조각 모서리 혹은
가지 끝 늘어진 개의 혓바닥이었거나

다른 별에서 온 먼지마냥 넋 놓고 앉아서
밤은 도무지 기억할 기미가 없고
소환되지 못한 오늘 낮이 사흘 전 돌담길이나 모레 낮

114

혹은 그 같은 그녀 같아서
밤은 밤새 감기 몸살 앓는 소리나 하고

눈이 뻑뻑해져 오는 어둠을 밀며
불가피인지 불가능인지 헷갈리는 날개 파닥이며
굴뚝새 한 마리 희미하게 날아오는 중

늑골의 통증이 지금 나를 기억하지 못하듯
안 했던 말을 했노라 우기듯
밤은 은신처를 찾지 못했고

봄밤

一　　　팔각 전신 거울을 샀는데
　　　한밤중에 불쑥 말을 건다고

　　　거울은 천정에 닿을 듯 높고
　　　금장 팔각 가장자리 보고 있자니 신령스럽기도 하고

　　　죽은 사람 곁으로 들어서는 느낌이라고
　　　봄밤 마주 서서 서로 소름이 맺혔는데
　　　가만 보니 거울 상부에도 땀인지 물방울인지

　　　멀리 빗소리 다가서고
　　　짧게 울음소리도 서너 번 다녀가고
　　　거울 중앙쯤에 시커먼 털 뭉치가 보이더니
　　　점점 커졌는데
　　　가만 보니 집 나간 남편 얼굴이었대나

　　　금장 팔각 속에서 벌어지는
　　　모든 일들이 밤배 타고 가는 꿈결 같기도 했는데

─　　　젖은 머리 말리고 다시 서서 보니

116

작년 가을 화장한 먼 친척 아저씨 얼굴이었다고

시커먼 털 뭉치는 작아져 별 넷이거나 셋이었는데
창밖은 벚꽃잎으로 부옇고
서늘한 달빛까지 잠이 오지 않는 팔각 거울로

스며들어, 풀어헤친 머리칼로 스며들어

남실대며 머리칼은 저 혼자 밤새 춤을 췄다는데
팔자에도 없는 머리칼 춤을 어둠과 함께 서서

꼼짝없이 넋을 물린 채 보았다는데

미립자

ー 흑백사진에서
미세 석회가 발견되었다

검은 화면에 떠 있는 흰 점들

닫힌 공간에
몰려 있는 것들은 아찔한 것

나빠질 경우의 수가 커지는 것

좁은 골목
몰려 있는 사람들의 머리가 검은 사탕으로 보였다

검은 강물에 묻혀 있는 흰 물소리

잠재적 가능성이란 참 아슬아슬한 말,
작아서 아직 잘 보이지 않는 것
시간을 관통하면서 알게 되는 것

ー 모양새가 제각각 불규칙할수록

위태롭고 끔찍한 것

비켜서 흐르는 백색소음처럼
우박을 피해 나무를 기대고 선 당신의 날씨처럼
시간을 지나 봐야 알 수 있는 것

가방을 열고 종이와 펜을 꺼내 들고
사람의 간절한 중얼거림으로 어쩌지 못하는 것

소리의 미립자들로 숲은 깊어지고
날씨가 날짜를 잡아먹듯 알 수 없는 것들로

숲길의 시간은 평화롭게 평화롭지 않게
거식증 환자처럼
남아서 점점 작아지는 것들과 사라지는 것들

몰려서 환해진 빛과 깃털

십일월 나뭇잎 뒤집는 소리

—   버려진 섬을 지나
들개의 허파를 지나

죽음은 흘러서
천천히 물속으로

천사의
반투명 뼛속으로 각자 스며드는 것

—

슬픔의 배열

넘어진 쇠파이프들 굉음 밖으로
난간을 갸웃거리며 깃털이 떠간다

콘크리트 갈라진 틈과 통증을 설명하기 위해
설계도를 펼치는 중에도
비바람은 부풀어 오른 창문 덜컹이며 지나가고

하수구를 따라 좁아지는
골목길의 감정은 축제가 끝난 불빛

상한 계란 같은 시간이
계단 밑을 꿀렁이며 간다

전광판엔 순색 무지개가 떠 있다

잘려 나간 길 너머
무지개나 파이프도 처음엔 같은 꿈이었을 수도

가시박 넝쿨처럼 길고 무성한 슬픔

어둠의 피부에서 증식하는
밑그림 알 수 없는 밤 기포들

파이프라인을 따라가며
고요하게 부글거린다

해변 바이브

비닐 돗자리에 담긴 채 잠들었다 깨어
보면 사라지고 없는 누군가가 되었다

다가설 틈 없이 더 큰 파도가 버티고 서 있는 바다를
그리고 해변의 거품을
덧없이 사랑하고 미워하며

마지막까지 남아 깜박이는 전구의 한숨 바라보다가

마음을 깜빡하면 구름바다가 네 코끝에서 깜박거린다

어정쩡 기다림을 반복하는
모래의 소명처럼
모래에 남은 빛 부스러기 그러모아 귀를 묻으면

패각과 패각이 썰물에 쓸리는 소리

잊혀진 사월 수평선처럼 자욱해서 그랬구나

가늘게 길어지는 바닷가 잎새는

수평선 맥박을 연습하는 중

토끼가 빨개진 귀를 접었다 펼칠 때처럼
누군가 움직이기 시작한다

손바닥에 남은 모래를 털고

밤의 회복실

포도나무 그림자를 보았어요
소나기가 발돋움하는 구름의 시간 속에서

가슴털이 없는 새를 과수원에서 보았어요
거짓말을 할 때마다 한 가닥씩 뽑았대요

앓고 있는 새들을 위한
얼음 새장의 낯선 허밍으로 크고 작은 물무늬가 번집니다
새장 가장자리로 나무는 가지를 뻗습니다

가윗날은 새의 밋밋한 가슴처럼 무디고

난간에서 투명 날개가 실눈을 뜹니다

파도 소리보다 빗소리가 높게 쌓여 갈 무렵

살얼음 속에서 실핏줄은 모호해지고
심장의 박동을 찾아서 걷다 보면
새장은 탄생합니다

찢겨진 구름의 박동만이
새장과 공명하는 문이 될 수 있다고 하는군요

가지는 칼꽃 물고 지나가는 새의 꿈을 꾸다가 주저앉습
니다

앓고 난 손톱이 쉽사리 바스라지듯이

가위질 소리와 함께
신음은 포돗빛 빗속으로 가라앉습니다

쪼개지다 멈춘 시간 속으로
살얼음이 다시 착륙하는 밤

은닉처로 가는 길은
운명선을 삼킨 낯선 새의 깃털로
울창하고 새롭습니다

구름은 겹겹이 자라서
새장이 될 거라 합니다

새장과 고무공

—

시소를 함께 타고 나서
목욕을 함께 즐길 미농을 꿈꾸지

기쁨과 슬픔을 같은 무게로 느끼며
적적할 땐 후렴구를 대신 불러 줄

불가능한 꿈이 만발하는 새벽엔
깨자마자 미농을 생각하곤 했지

난간에서 각막을 찌르는 섬광 같은 것
구부러진 부리 앞에서 거품이 뽁, 사라질 때

스쳐 간 무지갯빛 공기주머니 같은 것
리듬을 같이 타 줄 미농을 바랐지

하지만 미농은 미농의 간격으로
고개를 갸우뚱거리곤 하지

새장에서 꾸는 꿈은 거죽만 있었지
사무쳐서 써 본 가사엔 맥락이 있다가 사라져

—

우리처럼 질문하는 부리를 가졌다면
미농처럼 가로젓는 고개를 가졌다면

으슥한 골목길 뒤편에서 공이 튀어 나가는 밤의 딸꾹질
처럼
미농을 보고 말았지

봄밤 골목에서 깜짝,
밤을 굴러가는 봄의 재채기처럼

좋은 징조

살구를 만졌다

잎새 뒤에 숨어 있는
초록 발가락을 쓰다듬어 보았다

숨이 가쁠 때면 멈춰 서서
마신 숨을 열 번으로 나눠서 길게 내쉬는 연습을 했다

민자는 수경재배 강좌를 듣고 모종을 받아 왔다
방울토마토, 코폴라, 바질……

잎새 모양이 제각각인 식물 앞에서 숨을 들이마신다

아주 천천히

민자가 마신 숨의 모양을 생각했다

뾰족한 듯 둥글고
민자의 세 번째 발가락처럼 길 것이다

물조리개가 떨구는 물의 곡선이 무지개 물고 펼쳐진다

눈부시게 길고 둥근 숨을 생각하면

없던 믿음은 줄기 타고 올라
이미 한입 가득 살구 베어 물고
초록 발가락 문지른다

어떤 믿음은
마른 뿌리 적시는 서너 모금 물처럼

이미 내쉰 숨 같은 건 모두 잊어버리라고
멈춰 선 마음 가만가만 쓰다듬다가

막힌 공기 속을 헤엄치듯
슉슉, 나아가게 할 때가 있다

밖에서 밖으로

작은 돌과 함께 쏟아지는
소금 알갱이

물과 섞인 채
녹지 않고 모여 있었다

소금의 시간이 넘치면 그럴 수도 있구나

국자로 퍼서 자루에 담는 염부
거뭇한 수염에 어룽지는 흰빛

끝도 없이 펼쳐진 소금 벌판 가운데
맑게 고여 있는 물

지키는 사람도 퍼 가는 사람도 더는 보이지 않는
벌판은 진심의 먼지까지 펼쳐 놓고

아무런 소리 들리지 않는 손바닥에
소금을 펼쳐 놓고
부옇게 잠시 출렁이며 어지러웠는데

소란스럽던 마음은 벌판이 다 가져갔는지
고요해지는 바구니로 누군가의 소망처럼 남아

친척 집 현관 입구에 앉아서
귀신도 쫓아낸다는 소금 항아리 생각

아무 말 없이 서걱임을 퍼서 담았다
탁한 머릿속과 마음속으로 쏟아지는 눈부신 알갱이로
소금 담긴 물처럼 맑고 가벼워져

소금과 물에 속삭인다
집으로 돌아가고도 남을 힘이 생겼다고

아름다움이 태어나는 자리

임지훈(문학평론가)

한 폭의 그림은 한 번의 붓질로 완성되지 않는다. 일견 단순해 보이는 풍경일지라도, 완성된 하나의 풍경을 위해서는 수천, 수만 번의 붓질이 필요하다. 한 폭의 캔버스에 한 번의 붓질이 닿을 때마다 스며드는 색상 위로, 다시 또 한 번의 붓질이 닿아 또 하나의 색상이 스며든다. 붓질이 반복될수록 캔버스에는 여러 색상들이 겹겹이 쌓여 가는데, 이때 쌓이는 하나의 층을 레이어(Layer)라고 부른다. 하나의 레이어는 여러 번의 붓질로 만들어지고, 한 폭의 그림은 여러 개의 레이어가 구성하는 다층적인 결과물인 셈이다. 이와 같이 여러 개의 레이어를 쌓아 하나의 결과물을 만드는 기법은 회화뿐만 아니라 여러 분야에서 다양한 방식으로 활용된다. 가령 요리에서는 여러 가지 향과 맛을 쌓아 복층적인 요리를 만들기도 하고, 패션에서는 여러 종류의 원단을 겹치거나 이어 붙여 새로운 패턴의 의상을 만들기도 한다. 우리가 마주하는 여러 일상적 요소들은 겉보

기엔 총체적이고 단일한 하나의 대상처럼 보이더라도, 그 단일함이란 실제로는 무수한 레이어가 겹쳐 만들어진 결과물이라 할 수 있다.

그런데 사실 이처럼 다층적으로 구성되는 하나의 대상이란 비단 인공적인 사물에서만 나타나는 기법은 아니다. 한 그루의 나무조차 단일하게 구성되는 것이 아니라 시간의 흐름에 따라 층층이 구성된 겹을 통해 지금의 모습에 이른다. 시간의 흐름 속에서 맑은 햇살과 차가운 바람, 무수한 소나기와 모진 눈보라를 겪었던 세월이 무수한 결이 되어 한 그루의 나무 속에 오래도록 새겨진다. 그렇기에 하나의 사물이 갖는 두께란 곧 하나의 사물이 가진 시간과도 같으며, 그것은 모든 사물이 단일하지 않고 여러 겹의 레이어를 통해 구성된 복합적인 산물임을 의미한다. 반짝이는 나뭇잎부터 길 위의 돌멩이까지, 모든 사물은 그렇게 자기만의 레이어를 쌓아 가며 현재에 이른 것이다.

무수한 레이어를 쌓아 하나의 단일한 형상을 만들어 내는 기법은 우리가 문학에서도 자주 접하는 방식이기도 하다. 때때로 시인은 유사한 이미지 여러 개를 쌓아 보다 감정선을 심화시키기도 하고, 서로 상반되는 이미지를 충돌시켜 이질감을 만들어 내기도 한다. 이미지와 이미지가 접붙여지고 겹쳐지며 만들어지는 한 편의 작품은 그렇기에 우리에게 단일한 하나의 감정이 아니라 여러 가지의 복합적인 감정을 경험하게 만든다. 모든 사물이 복합적인 시간의 산물이었듯이, 한 편의 시 또한 단일한 전체가 아니라 분절된 요소들의 결합을 통해 구성되는 셈이다. 그러한 의미에서, 시의 근본적인 구성 원칙은 통일성을 형성하는 유기성에 있지 않다. 유기성은 오히려 시의 근본적인 구성 요소가 아니라 사후적으로만 확인될 수 있는 우연적인 요소에 가깝다. 분절된 것을 식별하는 시인의 눈에서 시작하여, 서로 다른 상이한 것들을 연접시키고 겹치게 만드는 작법을 거쳐, 그에 따른 우연한 결과물로써 예상치 못한 유기성을 발견하는 것, 그것이야말로 시의 근본적인 구성 원칙이다.

최윤정의 시는 서로 다른 이미지들의 연쇄와 겹침을 통해 하나의 풍경을 만들어 낸다는 점에서 시의 근본 원칙에 충실하다. 그녀의 시는 여러 다양한 대상들을 때로는 이어 붙이고 때로는 겹치게 만들며 독특한 하나의 풍경을 그려 낸다. 이를 위해 시인은 하나의 사물에 복합적인 수식어를 덧붙여 다층적이고 중의적인 시적 의미를 가진 하나의 사물을 창안하기도 하고, 문장과 문장을 겹쳐 쌓아 올려 여러 겹의 감정이 하나의 색으로 수렴되는 복합적인 연을 구성해 내기도 한다. 이러한 시적 방법론은 이번 시집인 『그는 세 뼘 옆에서 책을 읽습니다』에서도 특징적으로 나타나는데, 여기에서는 보다 발전된 모습을 보여 주는 듯하다.

유리 꽃병에 담긴 물이
잘린 줄기의 단면을 보여 줄 때

줄기는 가끔 안쓰럽습니다

물러진 단면은 지독한 이야기를 가지고 있지만
읽히지 못한 채 부서져 버리니까요

투명한 공기를 헤치고 은점표범나비가 날아갑니다

반투명 노랑은 치명적이죠
은점이 날개 위에서 반짝거릴 때

멈춰진 자전거의 세계를 훔칠 듯 다가와서
선잠에 빠진 거울 속으로 날아갑니다

반투명에서 불투명으로

가방은 그를 데리고 노랑 지붕 옥탑방으로 날아갔을까요

짝짓기를 위해 하늘 높이
은점까지 투명해지기 전에

그가 거울 밖으로
저녁 물안개 속으로
실마리 없는 물뱀처럼 미끄러집니다

미지근한 바닥으로 노랑은 흘러내립니다

—「은점까지 사라지기 전에」 전문

하나의 "유리 꽃병"을 중심으로 하는 위의 풍경에서, 화자는 꽃병 안에 담긴 꽃의 줄기를 바라보고 있다. 화자의 시선은 꽃병으로부터 물에 담긴 줄기의 단면으로, 이윽고 나타난 "은점표범나비"로 이어져 나비의 "반투명 노랑" 날개의 은점으로 초점이 맞춰진다. 화자의 시선 이동 속에서, 이미지들은 투명과 불투명, 액체와 고체라는 계열성을 형성하며 비연속적인 것이 연속되는 독특한 미감을 만들어 낸다. 특히 이 시에서는 물 너머의 줄기, 투명한 공기 너머의 나비와 같이 서로 다른 이미지가 연속적으로 느껴지게 만드는 가운데 무언가가 사이를 가로막고 있는 듯한 느낌도 동시에 전달한다. 서로 다른 계열적 이미지가 연속적인 것으로 출몰하며 형성하는 비연속적인 것의 연속성은 다음과 같은 암시를 은연중에 전달하는 듯하다. 예컨대, 대상과 우리의 사이에는 늘 불투명한 막이 존재한다는 암시 말이다. 이는 화자와 시적 대상 사이에 상시적인 거리감을 조성하면서 보이지 않는 경계선을 형성하며 시적 주체가 가진 유한성을 감각적으로 형성화한다.

이처럼 시인은 여러 이미지를 겹쳐 쌓아 올리며 다층적인 구성을 가진 시적 세계를 창안하는 것에 능숙하며, 이를 통해 독특한 미감을 형성해 낸다. 그 방법론이란 복잡한 감정 혹은 감각을 설명하기 위해 고안된 것으로써, 그

복잡성에 어울리는 여러 겹의 레이어를 구성함으로써 전달된다 할 수 있다. 하나의 단어로 수렴될 수 없는 복잡미묘한 감정의 결만큼이나 다양한 이미지가 출몰하고 사라지는 가운데, 우리는 화자가 지닌 감정이 언어로는 설명될 수 없는 복잡성을 지닌 것임을 느끼게 되는 것이다. 뿐만 아니라 이 다각적인 감정의 세계는 화자의 감정과 미묘한 암시, 언어로는 전달될 수 없는 정보들을 포함하고 있다. 말할 수 없는 것을 이미지의 연쇄와 겹침을 통해 보여주는 것, 그것이 바로 최윤정의 시가 지향하는 방법론이라 할 수 있을 것이다.

그런데 여기에는 또 하나의 이미지가 덧입혀지며 다른 이야기가 덧씌워진다는 점이 중요하다. 위의 시에서는 "멈춰진 자전거의 세계"와 "선잠에 빠진 거울"이 여기에 해당한다. 움직임을 표상하는 사물에 부동적인 수식어를 덧씌워 만들어지는 이와 같은 시어는 앞서 조성된 시의 분위기를 한층 더 심화시키며, 새로운 레이어를 만들어 낸다. 그리고 여기에 다시금 "가방은 그를 데리고 노랑 지붕 옥탑방으로 날아갔을까요"라는 하나의 문장이 덧씌워짐으로써, 여러 이미지가 계열성을 형성하고, 그러한 계열성이 충돌하며 생성되는 긴장감이 기묘한 시적 미감을 구성한다. 그리고 이러한 시적 미감에 "날아갑니다"라는 술어와 "미끄러집니다", "흘러내립니다"와 같은 서로 다른 방향성을 가진 술어들이 덧씌워지며 묘한 감정적 깊이가 나타나기도 한다.

무수한 이미지의 연쇄가 형성하는 시적 긴장감과 깊이,

그로부터 구성되는 총체적인 미감은 단지 감각적 쾌감만을 전달하는 것이 아니라 화자에 대한 정보 또한 제공한다. 그런데 이 정보의 형태는 명제가 아니라 질문형에 가깝다. 예컨대, 화자는 왜 그와 같이 반투명한 너머로 불투명한 사물을 오래도록 바라보고 있는 것일까. 화자는 반투명한 나비의 날갯짓 너머로 무엇을 보기를 희망하고 있는 것일까 등등. 비록 이미지들의 연쇄를 통해 시적 긴장감과 감정적 깊이를 형성하고는 있으나, 그러한 이미지의 연쇄를 가능하게 만드는 원인에 대해서 화자는 좀처럼 언급하고 있지 않기 때문이다. 이를 좀 더 세심하게 들여다보기 위해 다음의 시를 읽어 보자.

분명 그늘 한 조각쯤 있을 테지 싶다가도
환한 속을 보면 아닌 것 같아

그의 속마음 열어 보면
햇빛 속 혼자 서 있는 가젤 동공

숨기는 것
숨겨지는 것

환한 햇살로 가려지는 무언가가 있어

접시 위에 참외를 굴려 본다

흔들리는 참외 그림자
간지럽고 얇은 겹을 본다

뒤편에서 그가 부른다

잡았던 과도는 다시 탁자에 놓이고

멀리서 출렁이는 길

잎새들 틈으로 나부끼는 햇살은 낯선 리듬을 만들고

발코니에 걸터앉은 그의 햇살은 바람을 눈부셔하고

그가 이쪽을 건너본다

나와 햇살은 물끄러미 사각 탁자 앞에 앉아

참외 등짝에 고여서 움직이는
빛의 곡면을 눈부셔한다

—「빛의 곡면」 전문

위의 시에서도 화자는 여러 사물을 바라보며 상상한다.
그러한 흐름은 이미지의 연쇄로 나타나 기묘한 시적 긴장감과 계열성을 형성한다. 여기에서도 화자는 어떤 사물 너머로 다른 사물을 넘어다보거나 혹은 상상하고 있다. 화자는 "숨기는 것/숨겨지는 것"이라 진술하며, 자신의 시각이 대상을 전부 다 보고 있는 것이 아님을(그리고 그러한 사실을 자각하고 있음을) 드러낸다. 이어서 시는 "환한 햇살로 가려지는 무언가가 있어"라 언급하며, 자신이 바라보고 있는 사물이 전체가 아니며, 자신이 보기를 원하는 것은 그처럼 빛을 통해 드러나는 사물이 아니라 빛에 의해 가려지는 "무언가"임을 암시한다. 뒤이어 화자는 참외와 상호작용하며 대상에 새겨진 겹을 바라보는데, 그러한 응시 속에서 누군가가 자신을 부르는 소리를 듣는다. 하지만 화자의 현실 속에서 그의 형상은 드러나지 않으며, 무수한 사물이 환히 빛나는 속에서 "빛의 곡면을 눈부셔"하는 '나'의 모습으로 마무리된다.

빛이 우리가 사물을 인식할 수 있는 매개로 작동하고 있는 위의 시에서, 화자는 빛으로 인해 자신이 원하는 대상을 볼 수 없는 아이러니한 상황에 처해 있다. 여기에서도 시어들은 큰 틀에서 가시성과 불가시성이라는 두 가지의 계열성을 형성하는데, 두 계열성은 상호 대립적인 것이 아니라 분리된 두 개의 세계처럼 연이어져 나타난다. 더불어 그러한 불가시성은 오직 가시성을 토대로 할 때에만 감각될 수 있다는 점에서 두 세계는 완전히 분리되거나 상호 대립적인 관계라 말하기 어려울 것이다. 그런데 여기에는 이상한 점이 있다. 왜 이와 같은 연속성 혹은 인접성은

'나'의 감각을 통해 체감되는 것이 아니라 '그'라고 호명된 시적 대상에 의해서만 부르거나 넘겨다보는 감각의 방식으로 체현되는 것일까. 왜 오직 '그'만이 '나'를 부르고 "건너"보는 것이며, '나'는 '그'를 부르거나 "건너"보지 못하는 것일까. 그건 앞서의 시가 그러하듯 '나'와 '그' 사이에 넘어갈 수 없는 경계면이 존재하기 때문일 것인데, 그 경계면은 대상이 '나'에게로 쏟아지는 것은 막지 못하면서, 오직 '내'가 대상을 향해 접근하는 것만을 차단하고 있다.

물론 시집을 통해서 우리가 '나'와 '그'가 서로 어떤 상태에 놓여 있는지를 확정 지어 말하기는 어렵다. 최윤정의 시적 기법이 그러하듯, 두 존재의 관계와 상태에 대한 정보는 진술이 아닌 보여 주기의 방식으로만 나타나고 있기 때문이다. 하지만 때로는 그와 같은 보여 주기의 방식이 직접적인 말하기보다 더 많은 것을 전달하기도 한다. 비록 보여 주기의 방식은 직접적인 말하기를 통해 전달될 수 있는 정보 가운데 일부를 생략하거나 누락하기도 하지만, 오히려 말로는 전달될 수 없는 비언어적 요소를 보다 풍부하게 전달하기도 한다.

돌 세 개를 담아 두었다
꽃병이 심심하지 않게

물을 채우고
창가로 가져갔다

142

빛에 잠겼다

창백함 대신 생기가 돌고
그슬린 자리까지 선명해져
축축한 모래 냄새가 났다

말을 걸면
답을 하는 돌이 있다

몸을 빠져나간 길과
두고 온 길을 기억하는 돌이 있다

물을 마시다가 보게 된다
목이 마른 줄도 모르고
며칠 밀쳐 둔 일이 미안해져서

감은 돌의 눈꺼풀을 계속 쳐다보게 된다

해변과 돌의 간극으로
안부마저 간결해질 때

하얀 스티로폼 알갱이 두른 해변
여름을 건너온 슬픔

　　　　　　　　　　　　—「슬픔의 생략」 전문

위의 시에서 화자는 다시금 꽃병을 바라보고 있다. 이제는 꽃이 사라진 텅 빈 물병 안에 화자는 돌을 담아 두고, 그곳에 비치는 빛의 산란을 바라보는 중이다. 텅 빈 물병에 담긴 돌에는 무수한 빛의 결이 새겨지고, 화자는 그 결을 통해 지난 시간의 감각들을 되새김질하기 시작한다. 빛이 찰랑거리는 모습으로 귀결되는 시어들의 연쇄는 이러한 풍경이 일회적인 것이 아니라는 듯한 암시를 전달하며, "며칠 밀쳐 둔 일이 미안해져서"라는 말은 그러한 풍경이 오히려 일상적으로 화자의 삶에서 반복되어 온 것임을 드러낸다. 반복 속에서 구성되는 다층적인 깊이는 시의 마지막 구절인 "여름을 건너온 슬픔"이라는 문장에 이르러, 화자가 느끼는 일련의 감정이 시간을 넘어 지속되어 온 것임을 알려 준다. 화자와 대상은 거스를 수 없는 시간을 경계 삼아 단절되어 있으며, 화자의 눈은 무수한 사물들 속에서 건너갈 수 없는 시간의 경계선상을 쓰다듬으며 거듭 대상을 향한 마음을 거두지 못한다. 비록 화자가 그러한 마음을 거두려 한다 할지라도, "돌"이라는 시어가 거듭 화자의 두 눈에 담기듯 계절과 공간을 건너 다시금 화자에게 찾아오게 될 것이다.

이처럼 최윤정의 시는 무수한 사물의 연쇄와 겹침을 통해 이미지의 레이어를 형성하고, 그렇게 형성된 레이어를 통해 다층적인 시적 세계를 구성해 낸다. 시적 세계는 서로 다른 계열성이 연속과 불연속을 반복하며 점멸하고, 화자는 그 틈새에서 경계 너머를 바라보기를, 그리하여 대상과 '나' 사이에 그어진 시공간의 경계선을 넘어갈 수 있기를 희망한다. 하지만 화자의 희망은 불가능한 것이기에 지속될 수는 있어도 성취될 수는 없다. 그렇기에 화자의 시선은 거듭해서 다른 사물을 향해 이어지고, 다시금 이미지가 적층을 형성하며 기묘한 시적 긴장감을 형성하게 되는 것이다. 이미지의 연쇄는 경계 너머에 존재하는 하나의 대상을 중심에 두고 계속되는 원환 운동과도 같이 시간과 공간을 넘어 계속해서 이어지고 있는 셈이다. 그러한 의미에서 최윤정의 시에서 나타나는 이미지의 연쇄란 시를 쓰기 위한 구체적인 작법이면서 동시에 화자의 심적 경제를 표현하는 방법론이기도 하다.

애쉬그레이냐 펄그레이냐

비커 앞에서 논쟁이 벌어진다
색감에 민감한 당신

이를테면 간장게장 혹은 양념게장
비빔회나 물회같이 방법의 문제가 아닌
그렇다고 심미안의 문제일까

색의 지혜에서 광기로
색의 광기에서 지혜로

살짝 비켜서 다시 보면
시선에 민감한 당신

화면 가득 색이 흐른다
줄기 가득 색색의 열쇠가 피어나고
색이 높게 자라면
그건 일종의 국지성 소나기

숨은 자물쇠 쪽으로
높은 주파수로 열쇠꽃이 피어난다
물의 소용돌이가 열쇠의 소용돌이를 움켜쥐었다가
순간 차르륵, 펼쳐 보일 때

사월 잎새의 길과 함께 어떤 설익음은 요동을 치고

색의 요람에서 무덤까지
색의 다정에서 집착으로

색의 영혼은 흩어져
죽음을 반복하는 삶의 형식

방만한 여럿의 길 앞에서
순간을 머무는 당신

검정의 얼룩덜룩 사이

감정의 낮은 주파수를 감춘 채

투명해서 쓸쓸해진 비커

물방울 맺힌 비커를 들고

당신이 화면 밖으로 바삐 걸어간다

—「열쇠꽃」 전문

　하지만 그러한 방법론은 불가능한 대상을 성취하기 위한 반복이라는 점에서 여전히 애달픔이 남는다. 아무리 화자가 무수한 사물을 오래도록 바라보거나, 혹은 투명한 매개물 너머로 불투명한 사물의 단면을 영원토록 바라본다 하더라도, 화자가 원하는 대상은 결코 두 눈에 담을 수 없기 때문이다. 그렇기에 이러한 행동은 때로는 우연한 지혜를 촉발시키기도, 혹은 불가능한 대상을 향한 광기를 촉발시키기도 하며, 화자는 지혜와 광기 사이에서 거듭되는 감정의 진자 운동을 경험한다. 그러한 의미에서 『그는 세 뼘 옆에서 책을 읽습니다』에서 나타나는 모든 사물은 불가시적 대상인 '너'를 중심으로 전개되는 원환 운동의 둘레 안에 배치되어 있으며, 배치된 사물들의 의미망 역시 불가능한 성취를 기준으로 구성되어 있다 할 수 있다. 『그는 세 뼘 옆에서 책을 읽습니다』가 그려 내는 시적 세계란, 마치 중심 천체를 기준으로 회전하는 무수한 사물들의 우주와

도 같은 셈이다. 그리고 그 중심에는 부재하는 대상으로서
의 '네'가 존재한다.

아름다움 중독증을 가진 사람은 몇이나 될까요

상자에 질문지를 넣고 뚜껑을 덮습니다
궁금한 채로 남겨 두기로 합니다

아름다움 중독은
잠수하기 직전의 수련 낯빛 스치는 붉은 기를 놓치지 않습
니다
조약돌의 줄무늬처럼 한꺼번에 숨을 들이키고 물속으로
사라지는 맥박까지 붙잡습니다

물살로 얼룩진 조약돌을 함께 넣었지요
가짓빛 얼룩은 꽃 피지 않고
자라지 않지만 아름답습니다

마음이 펄럭이지 않는 저녁이면
대답이 없을 상자를 두드려 봐요
줄무늬 조약돌에게 해 줄 말은 남아 있지 않지만

(중략)

그의 마음이 더 이상 궁금하지 않을 즈음

혼자 앉아서 상자를 마구 흔들었어요

거센 파도 소리에 맞춰

맘이 제각각 펄럭이는 날

조약돌은 말이 없었고

여전히 아프거나 시원함은 없었습니다

다만 일그러졌다가 팽창하는 상자 쪽으로

혹은 바람 쪽으로

낯선 주파수를 맞춥니다

—「조약돌」전문

  그렇기에 여기에는 늘 처리될 수 없는 감정과 욕망이 남아 있지만, 역설적이게도 그러한 감정과 욕망은 우리가 마주한 이 시집에서 기묘한 아름다움이 피어나는 자리이기도 하다. 화자는 볼 수 없는 대상을 볼 수 있기를 원하지만, 그것이 성취될 수 없다는 사실은 외려 다른 사물들에 새겨진 겹겹의 시간과 색채를 발견할 수 있도록 만들기 때문이다. 하지만 동시에 이러한 바라봄의 과정은 '내'가 '너'라는 대상을 영원토록 이 자리에 머무를 수 있도록 하는 행동이기도 하다. '내'가 그러한 대상이 '여기'에 없음을 확인하는 과정이 '그'를 거듭 상기하게 만들며 동시에 '그'의

구체성을 실루엣의 형태로 '지금'이라는 시공간 속에 현전시키기 때문이다. 우리가 이 시집을 읽으며 어떤 직접적인 진술 없이도 '그'라는 대상의 그림자를 두 눈에 담을 수 있는 까닭이다. '그'는 여전히 아름다움이 발견되는 바로 그 자리에서, '없음'의 형태로 새겨져 있는 셈이다.

불가능한 대상을 두 눈에 담기 위한 화자의 행동은 아마 앞으로도 오래도록 지속될 것이다. 성취될 수 없는 행동을 반복하는 화자의 모습을 누군가는 어리석다 말할지도 모르지만, 적어도 한 가지 확실한 것은 바로 그와 같은 불가능성에 대한 투신이야말로 문학이 현실 원리와 구별되는 하나의 특징이라는 사실이다. 우리는 이러한 특징을 통해 아름다움을 구현하는 시인의 모습을 발견한다. 그 아름다움은 현실 원칙에 가려져 사물의 레이어 깊숙한 곳에 숨겨져 있던 것이기도 하다. 그러니 우리는 이 시집을 통해 최윤정의 시를 다음과 같이 말해 볼 수도 있을 것이다. 최윤정의 시선은 시간과 공간이라는 경계선을 넘어 그 한 겹 한 겹에 새겨진 아름다움을 다시금 발견해 낸다고. 그의 대상을 향한 마음이 간절할수록, 그의 시적 화자는 더 많은 사물들에 숨겨진 더 많은 아름다움을 발견해 낼 것이라고. 어리석은 반복이 아름다움을 태어나게 만드는 것이라면, 그것이 바로 시적 기적의 순간이 아닐까.